Hôtel Drouot

Catalogue de beaux portraits et de quelques tableaux anciens dépendant de la collection de M. Joseph FAU

Antigonos

Hôtel Drouot

Catalogue de beaux portraits et de quelques tableaux anciens dépendant de la collection de M. Joseph FAU

Réimpression inchangée de l'édition originale de 1874.

1ère édition 2024 | ISBN: 978-3-38666-343-4

Antigonos Verlag est une marque de Outlook Verlagsgesellschaft mbH.

Verlag (Éditeur): Outlook Verlag GmbH, Zeilweg 44, 60439 Frankfurt, Deutschland
Vertretungsberechtigt (Représentant autorisé): E. Roepke, Zeilweg 44, 60439 Frankfurt, Deutschland
Druck (Imprimerie): Libri Plureos GmbH, Friedensallee 273, 22763 Hamburg, Deutschland

CATALOGUE

DE

BEAUX PORTRAITS

PAR

J.-M. Nattier, N. de Largillière, H. Rigaud,
L.-M. Van Loo, Trinquesse, Heinsius, etc., etc.

ET DE

QUELQUES TABLEAUX ANCIENS

PAR

E. Jeaurat, J. Raoux, S. Leclerc, Huysmans, P. Lory, etc., etc.

Dépendant de la Collection de M. Joseph FAU

DONT LA VENTE AURA LIEU

HOTEL DROUOT, SALLE N° 8
Le Lundi 9 Mars 1874

A DEUX HEURES.

Par le ministère de Mᵉ CHARLES PILLET, Commissaire-Priseur,
10, rue de la Grange-Batelière,

Assisté de M. FÉRAL, Peintre-Expert, 23, rue de Buffault.

Chez lesquels se trouve le présent Catalogue.

EXPOSITIONS
{ *PARTICULIÈRE :* le Samedi 7 Mars 1874.
{ *PUBLIQUE :* le Dimanche 8 Mars 1874.

DE UNE HEURE A CINQ HEURES.

CONDITIONS DE LA VENTE

Elle sera faite au comptant.

Les acquéreurs paieront *cinq pour cent* en sus du prix des adju-
dications.

Paris. — Impr. PILLET fils aîné, rue des Grands-Augustins, 5.

DÉSIGNATION

BEAUBRUN

1 — Portrait d'Anne d'Autriche et de Louis XIV enfant.

La reine est de grandeur naturelle, représentée en pied, assise sur une terrasse ; elle porte une robe de satin blanc enrichie de perles et de brillants, et tient par la main, debout auprès d'elle, le jeune roi qui est vêtu d'une robe rougeâtre ornée de riches broderies d'or et d'argent.

Superbe et important portrait.

Toile. Haut., 1 m. 95 cent.; larg., 1 m. 58 cent.

HEINSIUS

2 — Portrait de la marquise d'Espagnac.

En buste, la figure de trois quarts tournée légèrement vers la droite, chevelure abondante et poudrée,
robe en soie bleue décolletée, collier de perles.
Signé : HEINSIUS pinxit, 1781.

Toile. Haut., 65 cent.; larg., 53 cent.

HUYSMANS

(CORNEILLE, dit DE MALINES)

3 — Paysage.

Monticules de terre couverts, au second plan, par
quelques arbres; au centre, un sentier où cheminent
et causent des villageois.
Belle qualité du maître.

Toile. Haut., 43 cent.; larg., 60 cent.

JEAURAT

(ÉTIENNE)

4 — Piron, Collet et Vadé.

Ses trois poëtes terminent leur déjeuner et tiennent chacun un verre en causant assis autour d'une table au centre de laquelle se trouve un saladier contenant des fruits.

Ce tableau est gravé.

Toile. Haut., 53 cent.; larg., 63 cent.

LARGILLIÈRE

(NICOLAS DE)

5 — Portrait d'une jeune dame de la fin du règne de Louis XIV.

Debout dans un paysage, vue jusqu'aux genoux, elle vient de cueillir des fleurs qu'elle a posées près d'elle et se dispose à faire un bouquet. La figure de face, le cheveux poudrés et frisés, ornés de fleurs ; elle porte une robe en soie bleue décolletée garnie de dentelles, une écharpe rose agrafée à la ceinture entoure ses épaules.

Superbe portrait qui, par la fraîcheur et l'éclat de son coloris, peut être classé au rang des plus beaux portraits connus de ce maître.

Toile. Haut., 1 m. 38 cent.; larg., 1 m. 05 cent.

LARGILLIÈRE

(NICOLAS DE)

6 — Portrait de jeune femme.

Dans l'intérieur d'une riche habitation, une jeune femme est debout, vue jusqu'aux genoux, la figure de face, la main droite posée sur le dossier d'un fauteuil ; elle porte une robe décolletée couverte d'un ample vêtement en velours bleu ; fond avec grand rideau et colonnes.

Très-beau portrait.

Toile. Haut., 1 m. 38 cent.; larg., 1 m. 05 cent.

LARGILLIÈRE

(NICOLAS DE)

7 — Portrait de femme.

Elle est assise dans un paysage, vue à mi-corps, le bras droit appuyé sur un tertre, la figure de face, les cheveux poudrés avec ruban et plume blanche ; elle porte une robe en soie jaune décolletée, en partie cachée par un ample manteau en velours grenat.

Superbe et vigoureuse peinture du maître.

Toile. Haut., 90 cent.; larg., 73 cent.

LARGILLIÈRE

(NICOLAS DE)

8 — Portrait de Forest, beau-père de Largillière.

Il est dans son atelier, vu jusqu'aux genoux, assis devant son chevalet, tenant sa palette, la tête de trois quarts regardant vers la droite ; vêtement négligé ouvert sur la poitrine, et ample robe de chambre en velours grenat doublée de fourrure.

Ce portrait a été gravé.

Haut., 1 m. 20 cent.; larg., 90 cent.

LARGILLIÈRE

(NICOLAS DE)

9 — Portrait d'une dame du temps de la Ré-gence.

Vue jusqu'à la ceinture, la figure de trois quarts tournée vers la gauche, un voile posé sur la tête descend sur ses épaules; elle porte une robe en velours violet, légèrement décolletée, avec agrafes ornées de brillants.

Toile. Haut., 80 cent.; larg.,65 cent.

LARGILLIÈRE

(NICOLAS DE)

10 — **Portrait de femme**

Vue à mi-corps, elle porte une robe bleue avec broderie d'or, une écharpe en soie rose entoure ses épaules.

Toile ovale. Haut., 80 cent.; larg., 65 cent.

LECLERC

(SÉBASTIEN)

11 — Diane découvrant la grossesse de Calisto.

Beau tableau de cet artiste, d'une parfaite conservation.

Toile. Haut., 72 cent.; larg., 87 cent.

LÉPICIÉ

(NICOLAS BERNARD)

12 — Le Musicien.

Un vieillard, enveloppé d'une large houppelande, tient une basse de viole et regarde un cahier de musique posé sur une table; il se dispose à exécuter un morceau.

Bois de forme ronde. Diam., 29 cent.

LORY

(PHILIPPE)

13 — Amours dansant autour de la statue du Dieu Pan.

Bois. Haut., 15 cent.; larg., 30 cent.

MIGNARD

(PIERRE)

14 — Portrait de la duchesse de Portsmouth.

Assise sur une terrasse donnant sur la mer, le bras droit posé sur l'épaule d'un jeune nègre qui lui présente des perles et des coraux, la figure presque de face, les cheveux bruns frisés, une boucle tombant sur l'épaule, robe de brocart décolletée, larges manches bleues laissant l'avant-bras nu.

Superbe portrait.

L'artiste a écrit sur la gauche :
Madame la duchesse de Portsmouth.

Mignard *pinxit. Parisis*, 1682.

Toile. Haut., 1 m. 20 cent.; larg., 96 cent.

NATTIER

(JEAN-MARC)

15 — Portrait de Mlle Victoire sous les attributs de Diane.

Assise dans un paysage, vue jusqu'aux genoux, le bras droit pendant, le bras gauche appuyé sur un tertre où sont posés son carquois et ses flèches, elle tient à la main un arc ; la figure de face, les cheveux poudrés, ornés de fleurs, elle porte une robe blanche laissant les épaules et les bras nus; une peau de tigre est nouée à sa ceinture et roulée autour de son bras gauche; une écharpe en soie bleue est posée sur ses genoux.

Superbe et important portrait de ce maître.

Signé en toutes lettres :

J. M. Nattier *pinxit*, 174 (?).

Toile. Haut., 1 m. 20 cent.; larg., 93 cent.

NATTIER

(JEAN-MARC)

16 — Portrait de jeune femme.

La figure de trois quarts tournée vers la gauche, elle porte une robe blanche décolletée avec chaînes de perles; une draperie en soie à reflets gorge-pigeon est agrafée sur l'épaule droite.

Toile. Haut., 75 cent.; larg., 62 cent.

RAOUX

(JEAN)

17 — Jeune femme vue à mi-corps, se regardant dans un miroir.

Elle porte une robe décolletée et un corsage rougeâtre lacé à manches bleues.

Bois. Haut., 23 cent.; larg., 21 cent.

RAOUX

(JEAN)

(PENDANT DU PRÉCÉDENT)

18 — Jeune femme vue à mi-corps.

Vêtue d'une robe jaune, accoudée sur une table couverte d'un tapis, et la figure de profil, elle tient à la main droite un petit miroir ovale.

Bois. Haut., 23 cent.; larg., 21 cent.

RAVESTEIN

(JEAN-VAN)

19 — Portrait de jeune fillette.

Debout, vêtue d'un costume hollandais du XVII⁰ siè-
cle, elle tient à la main gauche un œillet.

Bois. Haut., 42 cent ; larg., 34 cent.

ROSLIN

(ALEXANDRE)

20 — Portrait d'une dame du temps de Louis XVI.

Assise, vue jusqu'à la ceinture, la figure de trois
quarts tournée légèrement vers la droite, elle porte
une haute coiffure au sommet de laquelle sont atta-
chés deux roses et un voile en mousseline ; vêtue d'une
robe en soie blanche à bouillons, une blonde plissée
lui entoure le cou, deux rubans roses sont noués sur sa
poitrine.

Toile ovale. Haut., 82 cent.; larg., 66 cent.

TOCQUÉ

(LOUIS)

21 — Portrait d'une dame du temps de Louis XV.

Vue à mi-corps, la figure de face, un voile couvre ses cheveux ; vêtue d'une robe blanche décolletée, elle est enveloppée dans un ample manteau en velours bleu.

Toile. Haut., 75 cent.; larg., 65 cent.

TOURNIÈRES

(ROBERT)

22 — Portrait de jeune femme.

Vue jusqu'à la ceinture, elle porte une robe grise décolletée, avec broderies d'or et fleurs ; une écharpe en soie bleue entoure ses épaules.

Portrait de forme contournée dans un cadre rocaille.

Vente Boitelle.

Toile. Haut., 80 cent.; larg., 66 cent.

TRINQUESSE

(L. A.)

23 — Portrait d'une cantatrice.

Elle est debout, vue jusqu'aux genoux, le bras droit
pendant, tenant à la main gauche une partition, la
tête de trois quarts tournée légèrement vers la droite,
les cheveux poudrés, ornés de plumes ; elle porte une
robe décolletée en soie rougeâtre, à petites rayures,
avec bouquet de fleurs au corsage.

Très-beau portrait.

Signé en toutes lettres :

L. A. Trinquesse *fecit*, 1774.

Toile ovale. Haut., 1 m.; larg., 76 cent.

VAN LOO

(MICHEL)

24 — Portrait d'un seigneur de la cour de Louis XV.

Debout, vu à mi-corps, il tient à la main gauche une lettre avec l'adresse au Roi; la figure de face, les cheveux poudrés, jabot de dentelle, gilet et habit de velours grenat.

Beau portrait.

Signé : L. M. Van Loo, 1766.

Toile. Haut., 1 m.; larg., 80 cent.

BOUCHER

(FRANÇOIS)

25 — **Le Petit Alchimiste.**

Il est dans un laboratoire, effrayé par une explosion.

Toile. Haut., 55 cent.; larg., 45 cent.

ELIAERTS

(JEAN FRANÇOIS)

26 — **Fleurs dans un vase posé sur une table de marbre.**

Toile. Haut., 70 cent.; larg., 56 cent.

JOYANT

27 — L'Entrée d'un palais à Venise.

Haut., 25 cent.; larg., 18 cent.

ÉCOLE FRANÇAISE

28 — Portrait d'une dame de la cour de Louis XIV.

Elle est assise dans un fauteuil, vue jusqu'aux genoux, la figure de trois quarts ; elle porte une haute
coiffure en dentelle tuyautée, ornée de rubans, et une
robe de velours grenat ouverte sur la poitrine.

Toile. Haut., 1 m. 06 cent.; larg., 80 cent.

ÉCOLE FRANÇAISE

29 — Portrait de jeune femme en Hébé.

Assise sur des nuages, vêtue d'une robe blanche laissant les épaules nues, une écharpe en soie rose est roulée autour de son bras droit, une draperie bleue est posée sur ses genoux ; elle tient de la main droite une coupe, de la main gauche un vase d'or ; Jupiter, sous la forme d'un aigle, est auprès d'elle.

Toile. Haut., 00 cent.; larg., 00 cent.

ÉCOLE FRANÇAISE

30 — Portrait d'homme.

Vu en buste, la figure de face, il regarde le spectateur ; petite moustache, chevelure abondante couvrant les épaules.

Toile. Haut., 55 cent.; larg., 43 cent.

ÉCOLE FRANÇAISE

31 — Portrait en buste d'un personnage de la Comédie italienne.

Toile. Haut., 45 cent.; larg., 35 cent.

ÉCOLE FRANÇAISE

32 — Paysage avec figures mythologiques.

A gauche, Acis et Galathée; dans le fond, Polyphème sur une montagne.

Toile. Haut., 00 cent.; larg., 00 cent.

KESSEL

(JEAN VAN)

33 — **Les Quatre Éléments**.

Bois. Haut., 41 cent.; larg., 61 cent.

ÉCOLE FLAMANDE

34 — **Portrait d'un jeune homme**.

Il est vêtu de noir, représenté en pied, debout dans un paysage.

Bois. Haut., 00 cent.; larg., 00 cent.